제주의 무덤

제주의 무덤

사진·김종범
글·조용훈

몽트

제주의 '무덤(산담)'

　제주도는 전체가 문화유산이라 말해도 지나치지 않다. 그만큼 조상들의 삶에 대한 흔적들이 곳곳에 남아 있으며 그곳에서 지혜를 엿볼 수가 있고 영혼을 느낄 수 있다. 세계문화유산에 등재되어도 손색이 없을 정도로 중요하게 생각되는 '무덤(산담)'하늘에서 내려다본 제주도의 땅, 그리고 산담 주변을 에워싼 밭과 숲은 내 마음을 제주도로 끌어드린 원동력이 되기에 충분하였다.

　지난 4년간 제주도를 수시로 드나들며 쉽지 않은 자연환경 속에서도 드론 촬영으로 작업을 진행해 왔다. 무덤[산담]을 에워싼 기하학적인 자연색의 패턴과 억새 숲을 헤집고 다닌 동물들의 흔적, 그리고 후손들이 일구어 가는 농작물은 자연과 아름다운 조화를 이루는 '생명' 그 자체였다. 제주도 사람들은 무덤을 '산'이라 하고 그 주변을 돌로 쌓아 울타리를 만들어 이를 '산담'이라 부른다. 산담은 제주에서만 볼 수 있는 독특한 형태의 무덤이며 밭과 산, 오름 등에 위치한 곳이 많은데 그것은 산 자와 죽은 자가 함께 공존하는 제주 특유의 삶에 대한 철학이 깔려 있다. 이러한 산 자와 죽은 자가 공존하는 무덤을 중심으로 둘러싼 '돌담' 그리고 농사를 짓기에는 척박하여 생활 자체가 어려웠던 환경 속에서 살아왔던 그들의 삶과 죽음을 초월한 철학적인 지혜를 엿볼 수가 있다.

　'돌담'은 방목하는 가축으로부터 묘의 훼손을 막아 내고, 산불이나 병충해를

막기 위하여 쌓았다고 알려져 있다. '산담'은 죽어서도 망자의 혼령이 집으로 찾아오기를 바라는 '시문(출입문)'이 만들어져 있고 출입문 위치는 남자는 오른쪽 그리고 여자는 왼쪽으로 있다. '시문'이 없는 경우가 있는데, 이 경우에는 '시문'의 위치에 돌계단을 만들어 둔 것을 알 수가 있다. 이렇듯 산 자의 풍요로운 삶은 망자의 혼령이 지켜줌으로써 지금까지 무탈하게 살아올 수 있었다고 믿었고, 앞으로도 혼령이 떠나지 않게 하려는 산 자의 간절함이 남아 있다. 그러나 안타깝게도 제주도를 찾을 때마다제주 특유의 돌담과 산담들은 점점 사라지는 것을 볼 수가 있다.

 이러한 제주도의 중요한 문화유산이 현대 문명에 의해서 방해받지 않기를 간절히 바라는 마음에서 이 책을 출간하게 되었다.

2023. 3 사진가 김종범

지상에 새긴 별

　사진 작가 김종범. 그가 사진을 펼쳐 보인다. 사진의 속살을 슬쩍 엿본다. 아름다운 형상에 잠시 마음이 기운다. 무덤이라는 사실을 몰랐을 때, 그것은 차갑고 명징한 기호 같았다. 모던회화의 형식과 구성이 건네는 투명하고 맑은 아름다움. 덧붙여 인공이 배제된 명료한 야생성이 느껴졌다. 그런데 '무덤'이라는 말 한마디에, 흙이 체온을 얻고 따뜻하게 내게로 다가왔다. 내 시선은 그것들의 아름다움을 낚아채서 가슴에 담기 시작했다. '무덤'은, 절대적인 숭고 혹은 경이와 신비를 조용히 뿜어냈다. 예측 불가의 신비를 선사했다. 죽음과 삶이 일상의 공간에 아무렇지도 않게 동행하고 있었다. 언제부터 주검이란 단어는 생소해졌고 죽음은 함구해야 할 단어 아닌가.

　그런데 사진 속 죽음은 생존의 터전인 논이나 밭 주변에서 우리와의 인연을 연장하고 있었다. 공간을 확보하고 이승의 존재에게 말을 건네고 있었다. 사진 속 무덤은 현실과는 무관하다는 듯 전혀 다른 세상을 내 시야에 펼쳐 보였다. 그렇게 사진 속 죽음이 훅하고 가슴을 파고들었다. 견고한 돌은 무덤 주위를 격자무늬로 경계해서 산담의 칭호를 얻었다. 산담은 삶과 죽음 그사이, 아슬한 경계를 구획하고 또는 넘나들며 세속과 숭고, 이승과 저승, 삶과 죽음의 공존을 시각화했다. 이 기묘하고 독특한 풍경이 '죽음의 삶' 혹은 '삶의 죽음'의 언어를 동시에 전해 주었다.

　이승의 외로움은 얼마나 견고하고 단단했던가. 이미 미련을 접은 목숨은

땅에 잠시 머물다가 하늘의 별이 됐을 것이다. 그러나 별이 된 주검은 지상의 삶이 사무치게 그리웠다. 그리움의 무게를 이기지 못하고 별은 이렇게 무덤의 형식으로 지상에 안착했다. 하강한 별은 또 다른 시간의 삶을 둥글게 혹은 방사형으로 집약했다. 무덤은 천원지방의 형식으로 때로는 장대한 성채로 굳건해졌다. 마침내 영혼은 지상에 뿌리를 내리고 평안한 휴식에 들었다. 아름다운 시각적 형식으로 삶의 본질을 지상에 형상했다. 그리고 이제, 그리움의 언어로 우리를 소환했다. 죽음과 삶은 손잡는다. 그래서 죽음이란, 또 다른 삶의 양식임을 예의를 갖춰서 배운다. 숙연하고 단단하고 고요하니, 삶이여, 죽음이여 이제 평안하소서.

이 사진첩은 김종범 작가가 제주도 상공에서 드론으로 촬영한 무덤이다. 조용훈은 사진 속 무덤에 대한 감회를 연정을 담아서 서정적으로 펼쳐냈다. 그래서 이 글에서 무덤은 종종 '그' 혹은 '그녀'로 호칭된다. 그림과 글, 사진과 글의 동행은 오래전부터 등장했었다. 그럼에도 이러한 형식을 새삼 되풀이하는 것은 이들 사진이 뿜어내는 다채롭고 풍성한 새로움 탓이다. 그동안 눈높이 시점 혹은 오름의 높이에서 무덤을 조명한 사진은 제법 발견된다. 그런데 드론이라는 첨단 도구를 이용해서 마음껏 지상을 부감한 형식은 거의 없다고 해도 과언이 아니다. 사진들은 지상을 호령하듯 활달한 시야를 제공해서 작품을 만끽할 수 있는 흔치 않은 기회를 제공했다. 평원법에 익숙한 우리들에게, 새의 시선은 시각적인 새로움과 즐거움을 선사했다. 풍부하고 풍요로운 읽기를 경험하게 됐다.

수많은 작품에서 작가가 선별한 작품을, 필자는 몇 가지 관점으로 유형화했다. '홀로 고고한', '따로 또 같이', '문명과 만나는', '근원과 함께', '지상을 수놓다'가 그것이다. 무덤은 태양열 혹은 풍력의 문명과 공존(<문명과 만나는>)하거나 농업의 본질적 생존과 근원적으로 연계(<근원과 함께>)된다. 경작지에 삶과 죽음이 공존한다는 사실은 매우 흥미롭다. 이외에도 무덤은 홀로 고고하고 존엄(<홀로 고고한>)하며 여럿, 무리 짓기도 하고 (<따로 또 같이>), 지상에 자신의 존재를 아름다운 무늬로 수(<지상을 수놓다>)놓는다. 이렇게 무덤의 존재 방식을 구분하지만, 자칫 각 무덤의 개성과 고유성을 희석할 수도 있어서 장려할 것은 아니다. 무덤을 관계에 따라 구분하기도 하고 미적 특성으로 구분해서 일관성이 없다. 모호하다. 예를 들면, 홀로 고고한 자태로 아름다운 무늬를 지상에 조형할 경우, 그 무덤은 '홀로 고고한', '지상을 수놓다'에 모두 해당한다. 그럼에도 불구하고 이런 방식을 취한 것은, 특정 관점에 따라서 대상을 초점화하는 장점 탓이다. 그렇게 나의 마음이 각 무덤에 마음을 주었다.

무덤을 조용히 응시하면서도 못내 아쉬운 것은, 급격하게 변하는 제주도의 장례문화가 무덤의 존재를 위태롭게 한다는 점이다. 도시화와 핵가족화가 가장 큰 요인이다. 후손들은 고향을 계속 떠나고, 핵가족화로 인한 구성원의 절대 부족은 묘의 관리를 어렵게 한다. 그래서 매장보다 화장이 가파르게 상승하고 납골시설은 확대되고 있다. 더구나 제주 지역의 개발은 가속도가 붙어서 파묘와 이장이 빈번하다. 무연고 묘까지 그 수를 헤아리기 어렵다. 이런 까닭인가. 파묘되고 방치된 무덤 위에 만발한 꽃은 묘한 슬픔을 전달한다. 600년 이상 존속해 온 제주만의 특별한 죽음의 의례는 소멸과 보존의 기로에 서 있다. 그런 점에서 이 사진첩은 자료 이상의 중요성을 전해 준다. 산 자가 죽은 자를 대하는 제주의 독특한 정신적 유산이 파묘될 것인가. 새로운 방안을 모색할 것인가. 현시점에서 삶과 죽음에 대한 근본적인 성찰을 끊임없이 요구한다.

2023. 3 문학평론가 조용훈

차례

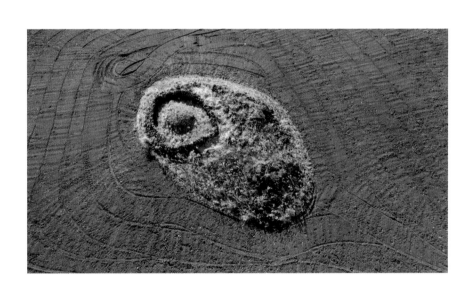

PART_ I 홀로 고고한

홀로 고고한

　겨울 숲. 푸른 빛이 이곳에 도착했다. 경이롭고 환상적이다, 조용하고 경건하고
찬란하다. 오름의 정상은 차고 단호하다. 고요가 숲을 점령하자 그(녀)는
고립무원이다. 눈(雪)의 푸른 슬픔이 나무를 적시고 가지를 미세하게 흔들었다.
잔설은 서늘한 가슴 속까지 이미 파고들었다. 그(녀)는 무심하게도 이곳을
떠났다. 사라졌다. 흔적만이 이렇게 절해고도에 홀로 남겨졌다. 그(녀)가 남겨 둔
눈동자가 하늘을 응시하며 자신이 이곳에 잠들었을 때를 기억한다. 숲은 홀로
남은 그(녀)의 체취를 뜨겁게 에워싸고 눈(雪)마저 가릴 것이다. 마침내 외로움도
눈(雪)에 덮일 것이다. 홀로 남겨진 외로움, 이토록 치명적이다.

너에게로 향하기 위해 나의 몸이 날렵해진다. 출항을 기다리는 배처럼 신호를 기다리지만 끝내 억겁의 세월에 갇혔다. 망망대해 푸른 물결은 파도치며 떠나는 나를 가두고 방향까지 봉쇄했다. 세계와 단절시켰다. 둘 곳 없어 어지러운 마음이 평안을 얻지 못해서 광분한 억새처럼 심란하다. 억새는, 떠나는 혹은 떠나지 못하는 나의 성정을 향해 슬픔을 마구마구 풀어낸다. 이미 오래전 너의 그리움은 내 몸을 점령해서 모세혈관의 끝까지 파고들었다. 친절한 이방인으로 다가와 끝없이 밀어를 속삭이며 새로운 인연으로 나를 품었다. 나는 광포한 슬픔을 바라보며 물결치며 폭발하는 너의 마음을 받았다. 잠시 홀로 외롭고 쓸쓸했다. 이제 시간은 어김없이 추위를 부르고 겨울은 시간마저 얼리리라. 나를 에워싸고 냉동시키리라. 부디 둘 곳조차 없는 그 마음 이제 알겠으니 그만 멈추기를.

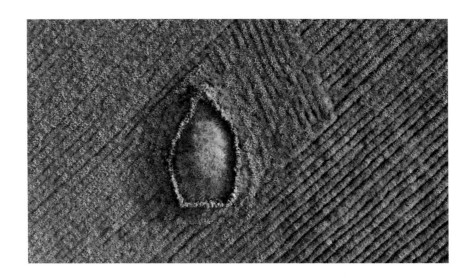

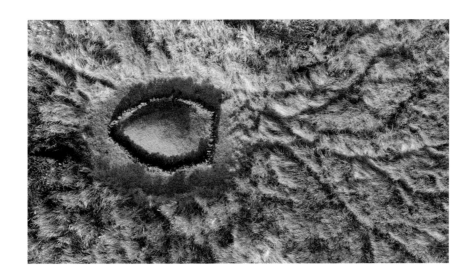

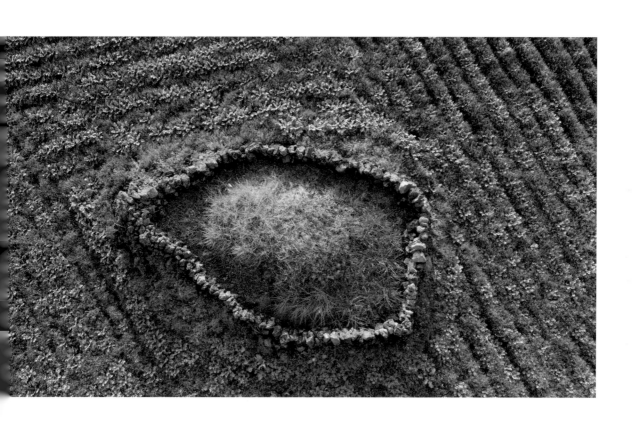

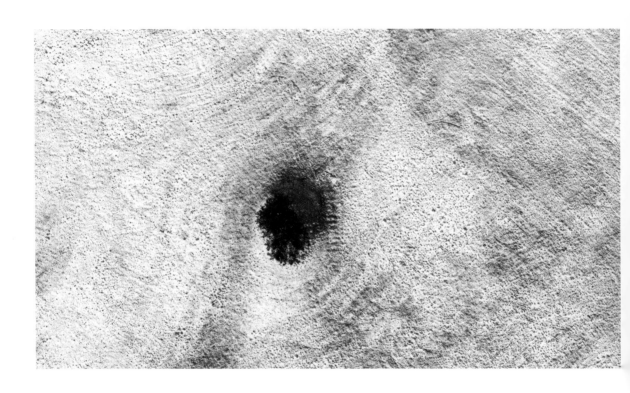

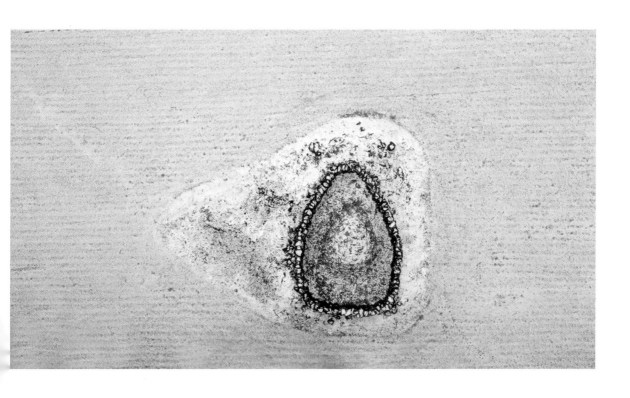

바야흐로 너는 오름의 정상에서 영혼의 자유를 만끽한다. 정상 쪽에 머리를 두고 절대 고독을 선포한다. 탕탕한 정신이 풍경을 압도한다. 갈대의 무리는 춤을 추며 네 주변을 별처럼 반짝, 빛을 뿌린다. 길은 세필처럼 가늘고 길게 오름과 오름을 이어서 여기저기 순례자의 영혼과 만나게 한다. 천공의 빛을 정상에서 그대로 뒤집어쓰고 가장 낮은 사람을 향한다.

　푸름을 향해 몸보다 눈길이 먼저 빨려들 듯 맹렬하게 하강한다. 그리움은 가속도가 붙어 찬란해진다. 간절함이 지상에서 하늘까지 나무로 출렁인다. 나무들의 무리가 서로를 탐하듯 상대의 속살까지 침투해서 일렁인다. 열정적으로 푸름을 빨아들이며 거침이 없다. 나무의 기둥과 기둥, 줄기와 줄기, 이파리와 이파리가 한 몸처럼 얽히고 설켜 웅장하고 장대해진다. 나무들은 개성을 잃지 않으며 감각까지 연대한다. 마침내 여럿이 하나로 일체돼 사랑을 향한다. 푸르고 강렬한 사랑이란 이런 것이라고. 사랑을 봉분 위까지 올려놓았다고.

　인연을 끊고 이곳에 도착했다. 지상을 벗어던진 영혼의 숲이 우뚝 자기만의
공간을 확보했다. 이별은 이렇게 드넓고 장엄하고 고고하다. 아름답다.
들꽃의 야생은 희고 진한 향기로 환영의 춤 인사를 건넨다. 순결한 향기가
산만(散漫)하다. 하늘거리며 광활한 지평에 그리움의 향기를 마구마구 발산한다.
만발한 유채는 황금빛 눈부신 위로를 전해 준다. 이름도 없이 흔적조차 사라진
나를 찾아와 위로한다. 산담을 넘고 신문(神門)의 경계도 거침없이 허물고 진심을
다한다. 뜨거운 만남과 사무친 이별까지 기억하라고. 그 기억까지 기억하고
명심하라고. 들꽃 향기로 노랗게 흐르며 흩날리며 넘나든다. 위로가 필요한
곳으로 종횡무진 끊임이 없다. 따뜻하게 안아주며 말한다. 그대 이제 외롭지
않다고.

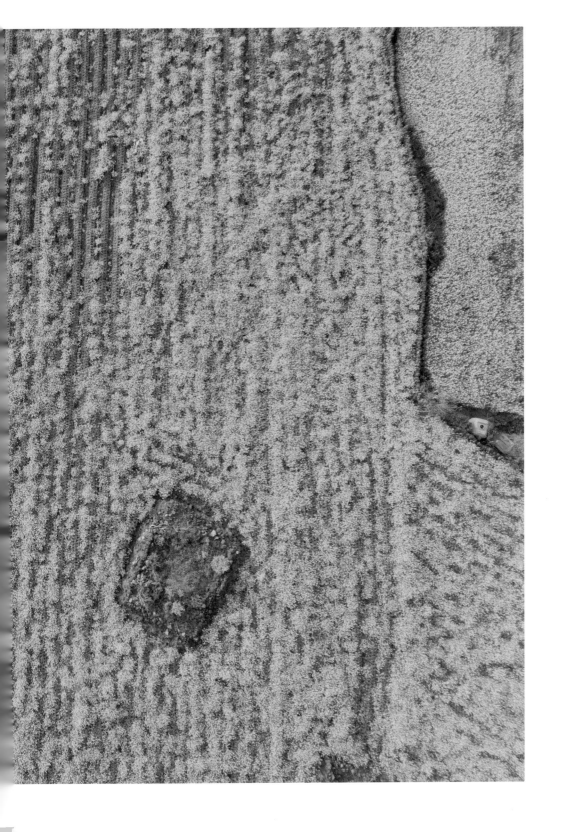

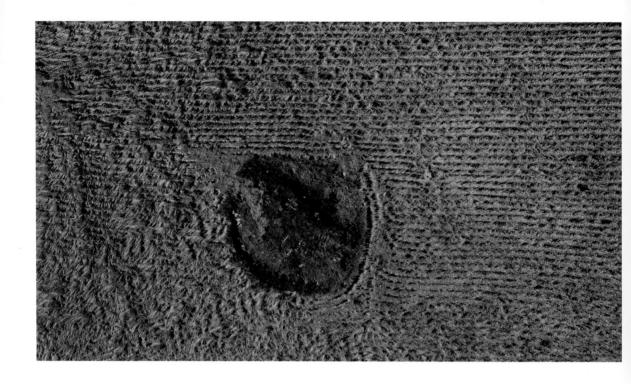

꺼내진 주검. 당신은 속절없이 사라졌네. 떠난 자리는 그 흔적마저 보살피지 못해서 당신을 잃었네. 당신을 뜨겁게 안았던 흙조차 허물어지고 하염없이 무너지겠네. 따뜻했던 토양은 형체를 잃어 어지럽고, 끝내 지면 깊은 곳으로 스며들어 몸을 누이네. 세찬 바람과 퍼붓는 빗줄기, 불타는 폭염과 깡깡한 겨울을 몇 차례 흘려보내겠네. 이윽고 굳건한 산담조차 무너지리라. 그 모진 세월 갈대는 껴안고 연대해서 때로는 위로를, 때로는 미친 그리움을 파도처럼 실어 배달하겠네. 어쩌면 당신은 끝끝내 살아남아서 초록빛 토양으로 생존의 형식을 달리하리라. 어느덧 농작이 이승과 저승이 공존하는 풍경을 푸르게 장식할 것이네. 이토록 너에게로 향하는 길은, 아직도 선명하지 않은가. 그러니 서러워 마라. 삶은 이렇게 모습을 달리하며 곁에 있지 않은가.

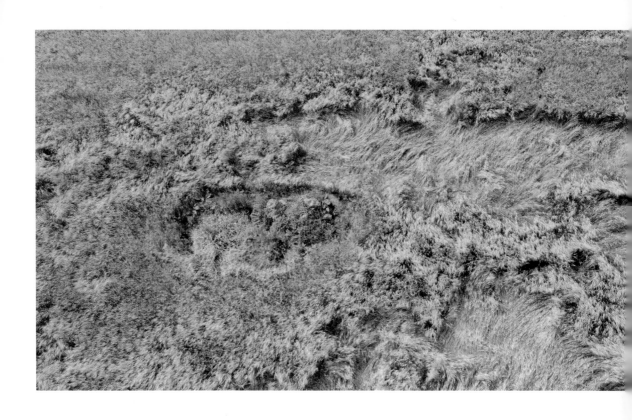

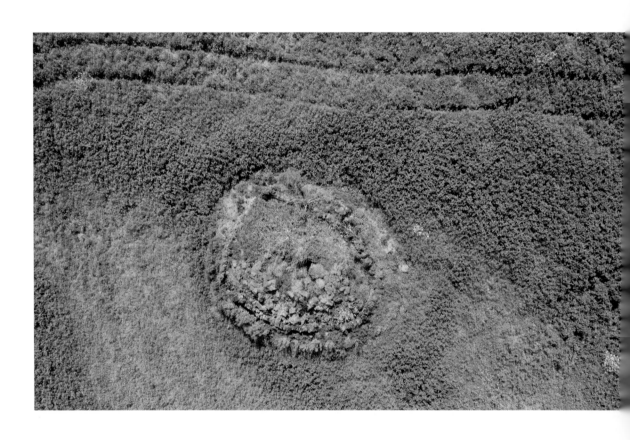

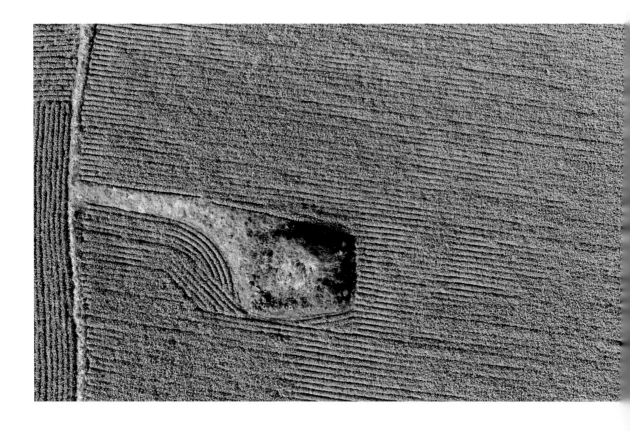

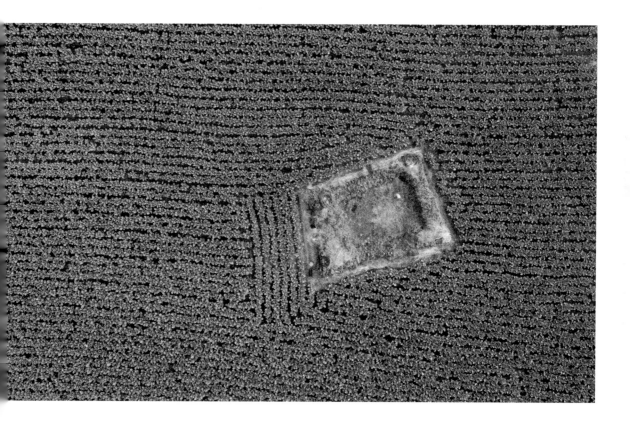

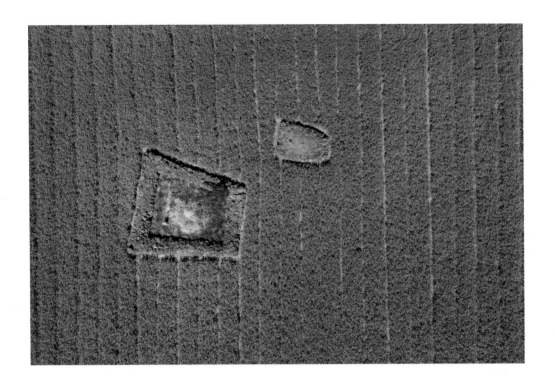

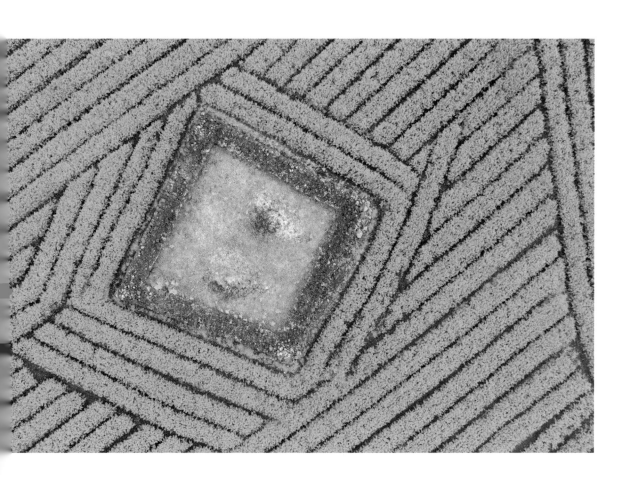

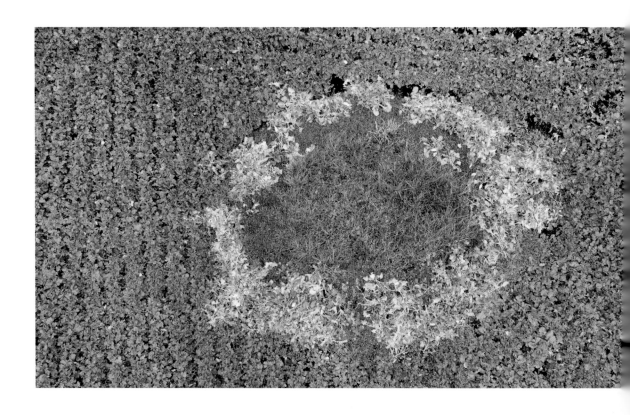

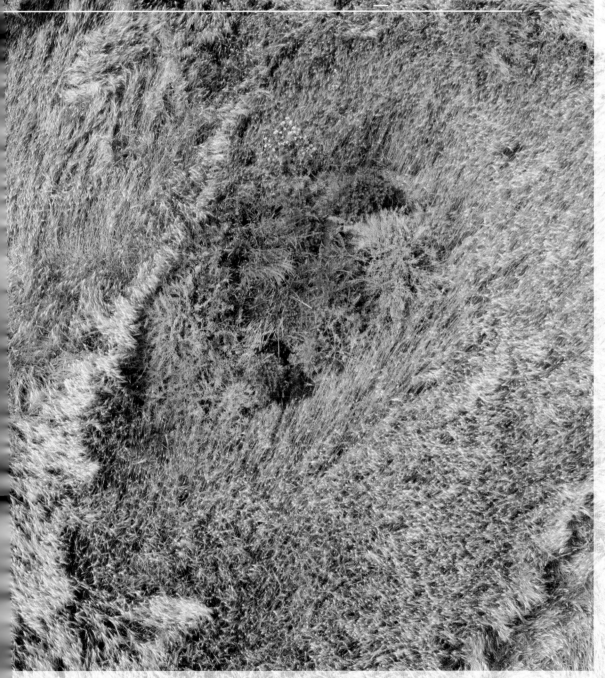

PART_II 따로 또 같이

따로 또 같이

두 사람의 넘치는 사랑을 담을 것이 없었다. 터질 듯한 사랑에 산담마저 속수무책 무너질 듯 위태롭다. 두 주검은 안타까운 경계마저 허물고 하나 되기 직전이다. 이른바 원융무애. 산담과 이웃한 유채가, 마음을 감추지 못하고 출렁, 사랑을 축복한다. 보라 저토록 빛나는 유채가 눈부시지 않은가. 둘의 사랑을 증거하기 위해 묘비의 마음도 초조하다. 잔뜩 긴장한 채 검게 서 있다. 산담은 알지 못한다. 유채의 향연이, 끝내 헤어질 수 없다는 결의와 다짐을 황홀하게 전해 준다는 것을.

사랑은 온전히 그들만의 것이다. 함께 한 시간의 풍미가 끈끈하고 강력하다. 그러니 경이로운 둘이며 하나인 사랑을 경배하라. 결코 방해하지 마라. 접근을 막기 위해 차단막을 겹겹 두르고 행복하게 연결했으니. 그토록 애절한 우리의 사랑을 애틋하게 보호하라. 포식자처럼 맹렬하게 달려 온 거대한 숲의 무리가 그들 앞에서 급정거하지 않는가. 화들짝 놀라 뒷걸음치지 않는가. 둘의 마음을 감싸는 신비한 빛에 놀라서 주춤하며 설레지 않는가. 상서로운 빛은 열기의 최대치를 꺼내 둘의 진심을 따뜻하고 아름답게 포옹한다. 바야흐로 숲은, 숨을 고르고 호흡을 가다듬어 아름다운 사랑을 노래하리라.

외로움이 싫어서 이렇게 함께 한다. 어깨동무하고 소중한 인연을 추억한다. 지나치게 서로 탐하지 않지만 간절하게 체온을 나눈다. 무심한 침묵, 그러나 맹렬하게 서로의 곁을 나누고 함께 위로한다. 존중하며 배려한다. 그 마음이 이어져 사각의 형상에 편안함을 더했다. 날카로운 예각은 눈의 질량을 얻어서 좀 더 따뜻하다. 부드러워진다. 함께 한다는 것은 이렇게 따뜻하고 아름답고 간절하다.

추위가 네게로 향하는 언어를 얼게 했다. 마음이 냉기로 가득하다. 그러나 황량한 바람도 겨울의 혹한도 우리의 뜨거운 사랑을 흔들기에는 역부족이다. 눈에 가득, 찬란하고 상서로운 빛이 영원한 푸름을 지상 깊이 스며들게 한다. 매혹적이다. 곁에서 온기를 나누지 못해도 산담이 산담을 포옹하거나 그리움을 원의 모양으로 그려낸다. 사랑을 감싼 순백의 눈은 따뜻하고 온화하다. 숲도 추위를 견디면서 그들의 사랑이 영원하기를 기도한다. 갈대는 파도처럼 출렁이며 둘의 사랑을 멀리까지 향기로 물들인다. 주변 농작은 사랑을 엄호하고 축복하며 각양각색의 춤을 춘다. 아, 유채는 차마 정을 못이겨 그들 사이에서 노란 향기를 마구 뿜어낸다. 사랑이여 영원하라.

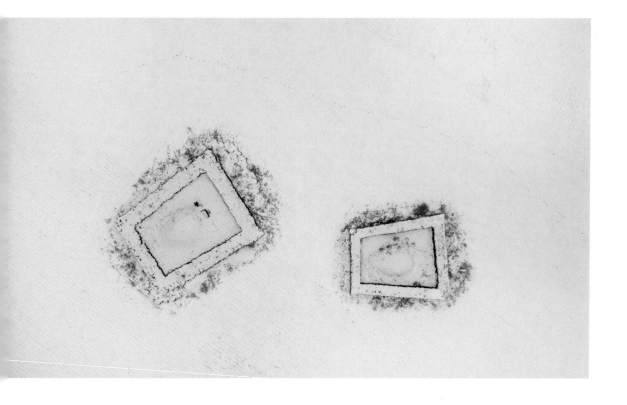

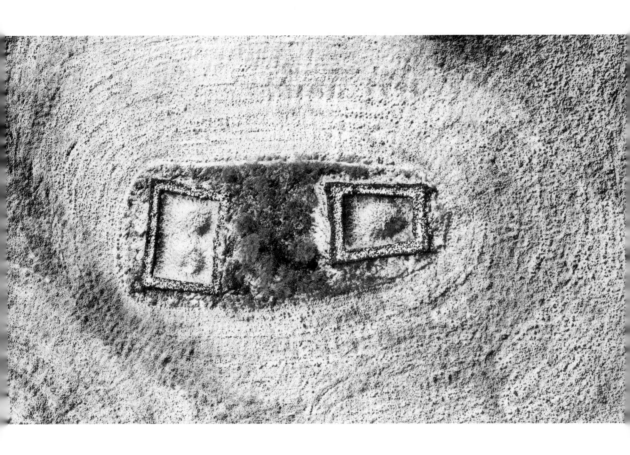

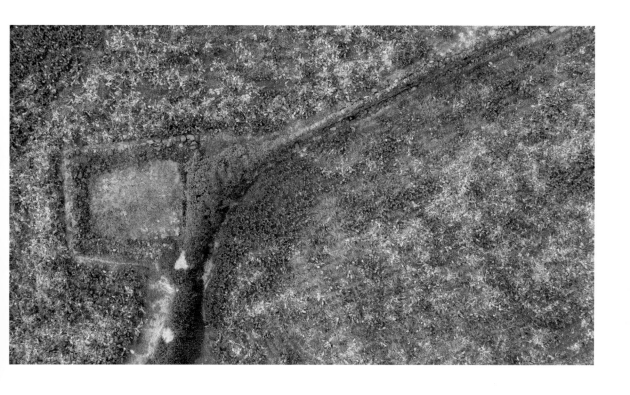

홀로 고고한 그리고 애틋한 둘. 마침내 여럿이 오름에서 휴식을 취한다. 멈추지 않고 함께 정상을 꿈꾼다. 희망을 어깨동무하고 뜨겁게 결속해서 오름을 향한다. 가까울수록 서로 끄는 힘이 강해진다. 그와 그녀의 사이는 영혼의 그림자가 만나서 충분히 산책할 거리이다. 그리움이 그렇게 함께 한 세월, 거친 바람과 폭풍우와 강렬한 햇볕을 이겨낸 서로의 마음이 눈부신 광경을 끌어 들였다. 무심한 듯 그러나 아름답게 균형을 갖춘다. 농익은 사랑은 격자 무늬로 서로 엉키고 설켜 서로를 향해 스며든다. 별처럼 지상을 수놓는 군집의 형상은 이토록 장엄하고 아름다울 수 있다.

비상하는 기운은 저승의 삶보다 소중하리라. 도약을 포기할 수 없다는 결의가 완강하다. 주검들은 산정을 향해 머리를 두고 비장하게 돌진한다. 꿈꾸는 세계는 하늘과 맞닿아 있다. 그곳은 체념도 비굴함도 무기력도 용서하고 그것마저 기꺼이 초대한다. 해맑은 영혼들은 무리를 짓고 비상한다. 셋이 함께, 둘이 함께 혹은 혼자라도 충만하다. 무덤은 오름의 오름마저 도약하고 마침내 별이 되리라. 지상에 작별을 고하리라. 빛나는 산정은 무덤의 오름을 허락하지 않을 기세로 호방하게 그들 앞에 우뚝하다. 그러나 마침내 무덤들은 오름을 오르고 지상을 아래 두고 포효한다. 이미 허망하게 파묘된 봉분들이여 슬퍼하지 마라. 슬픔은 이곳에서 수명을 다했으니. 지상에 죽음의 단서를 남기고 하늘의 별이 될 것이니.

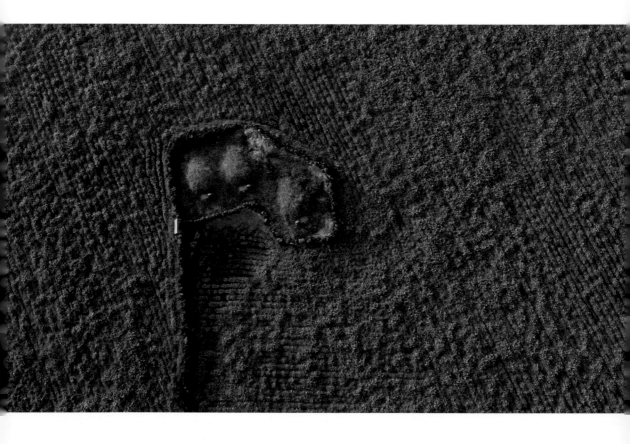

076

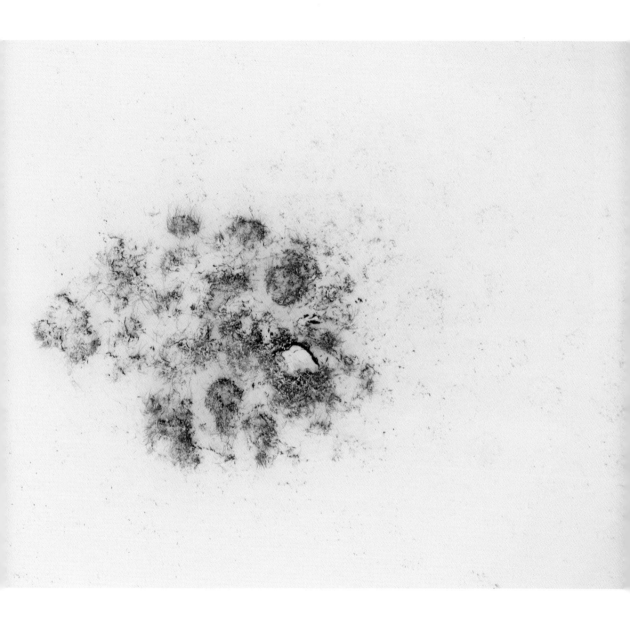

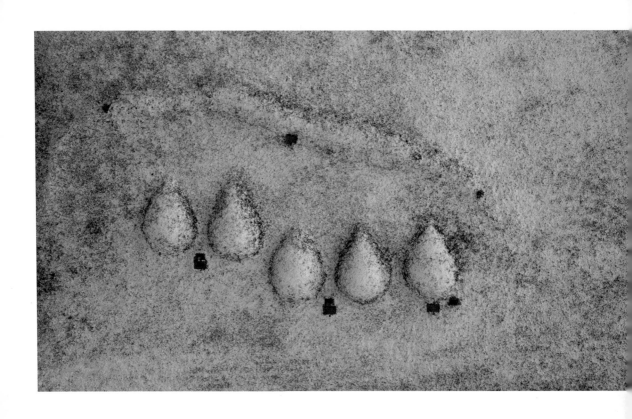

PART_III 문명과 만나는

문명과 만나는

　그(녀)가 해풍을 견디며 무한정 바다를 응시한다. 검게 타들어간 마음을 흑빛 산담이 호위한다. 혹시 바다로부터 그대의 기별이 이곳을 지나칠까, 칠흑의 돌에 부딪쳐 상처나 나지 않을까 노심초사한다. 시간의 무게와 통증을 견디고 짠내에서 떠난 님의 체취를 음미한다. 바다는 우리와 무관하게 해변을 기웃거리다가 홀로 사라지고 때로는 파고를 동반해서 시선을 끌기도 한다. 햇살과 무지개를 만들기도 하고 비바람의 무리와 황홀한 춤을 추기도 한다. 그것이 풍력 발전의 날개를 만나면 바람의 세기는 보다 강렬하고 집요해진다. 잠잠해지면 선심쓰듯 떠나간 님의 소식을 전하기도 한다. 그러면 노을은 평온을 되찾고 붉게 타서 절박했던 마음을 따뜻하게 포용한다. 기다림의 무게는 가벼워지고 붉은 노을의 체온이 빚어낸 풍경은 눈부시다. 등대는 아스라이 희망을 비추고 희망마저 더 희망하라고 조언한다. 길고 긴 기다림은 발효되고 향기를 내고 맑고 고요한 만남을 예고한다. 따로 또 같이 이웃한 무덤이 정자에서 휴식을 취하고 바다의 기별을 맞이한다.

패널이 태양과 작심하고 대면한다. 집열판은 끝도 없이 도열해서 지상을 점령했다. 자세를 잡고 빛의 열기와 강도를 온몸 그대로 벌컥벌컥 흡입한다. 농경과 아슬하게 접경지를 구획한다. 팽팽한 긴장이 역력하다. 문명이 농경을 침범해서 의기양양 위세를 뽐내면 어떡할 것인가. 아직은 아슬한 균형을 유지한다. 그 사이 무덤은 집열판 사이에서 갈 길을 잃고 주춤한다. 농작물 안에서 몸을 숨기고 피해 있거나 패널이 점령한 지역에서 길을 잃고 갈팡질팡한다. 푸른 빛으로 아직 자신의 건재를 알리지만 왜소한 몸은 생존조차 버겁다. 작렬하는 태양이 집열판 아래 강한 그늘을 만들지만 무덤은 열기에 그대로 노출돼 갈증을 느낀다. 무덤은 농경과 문명 사이 위태롭게 위치해 미약하게 숨을 고른다.

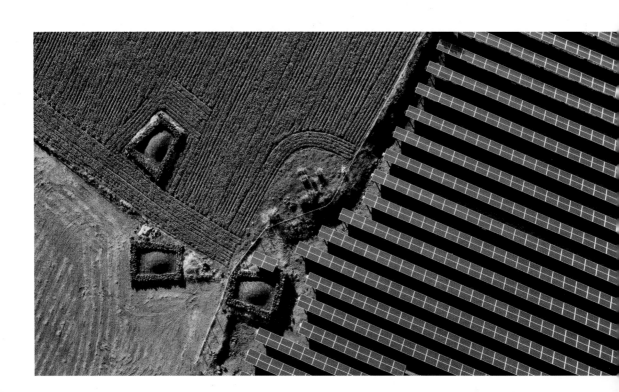

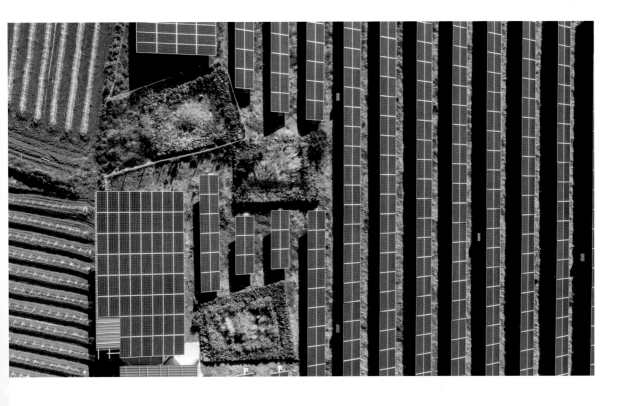

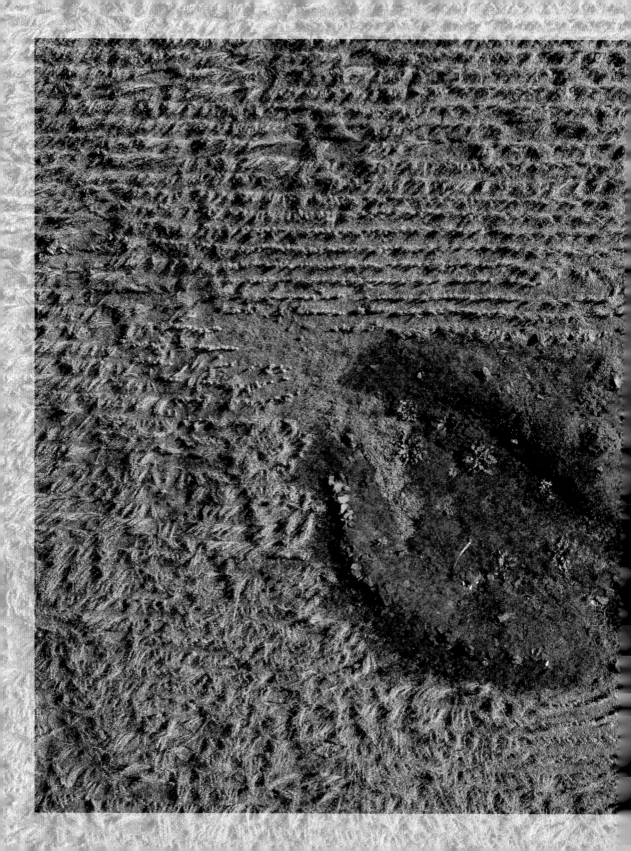

PART_IV 근원과 함께

근원과 함께

농경은 죽음과 막역했다. 농작의 부드러운 식물성은 산담의 견고한 광물을 포옹하고 경계를 넘나들며 봄의 숨결을 전했다. 밭담이 둘 사이를 경계짓고 완고하게 분리해도 풀빛 희망은 밭담을 오르 내리며 산담에게 안부를 묻는다. 청정함을 싣고 온 바람이 대기를 가로질러 맑은 사랑의 입자를 퍼뜨린다. 바람은 무덤 위를 춤추듯 산보하고 은근하게 살핀다. 종종 요동치며 생의지로 유혹한다. 울창한 수풀은 사라진 그(녀)의 흔적마저 뜨겁게 포옹해서 작은 오름을 만들었다. 과거는 파묘됐고 홀로 남겨진 사랑은 새로운 여정을 시작한다. 농경은 죽음과 아무렇지도 않게 만나서 생명을 피워낸다. 무심한 듯 그(녀)에게 위로를 건넨다. 온전한 관심이 주검마저 푸릇한 희망으로, 향기로, 채운다. 비로소 산담은 웃는 얼굴을 지상에 조형한다.

　혈관 속에 흐르는 질주의 유전자를 잠시 내려 놓는다. 휴식은 늘 달콤하다. 동료애를 자랑하며 평화로운 풍경을 완성한다. 풀을 뜯고 천천히 무덤을 방문해서 안부를 묻는다. 제주의 광풍, 작렬하는 태양과 폭풍우, 매서운 폭설을 어떻게 견디고 살아냈느냐고 묻는다. 그러나 말들은 모른다. 주검은 이미 이곳을 떠났고 함께한 풀의 향기도 기억하지 못한다는 것을. 해풍을 몰고 온 달빛의 안부조차 기억하지 못한다고. 말들은 무덤이 견딘 시간을 물끄러미 응시한다. 무덤 사이 사이에 공백을 남기며 귀가를 재촉한다.

분주한 소리에 봄이 기지재를 켠다. 깨어난 황토 역시 자신을 방문한 수런거림을 듣는다. 온기를 느끼기도 전에 이미 스쳐간 인연이 선명하게 흔적을 남기고 떠났다. 땅은 그 궤적을 온 가슴으로 선연하게 안는다. 어지럽게 펼쳐지며 만나는 선들이 서로 동행하고 이별을 반복한다. 우리가 함께 한 이별의 좌표는 헝클어져 헤아리기 어렵다. 그 사이 봄이 오고 가고 다시 파종이 시작됐다. 주검은, 기억이 편집한 봄의 궤적을 물끄러미 응시한다. 언제나 풍요를 기대하며 땅을 다져왔다. 혹한을 이긴 몸놀림이 제법 가볍다. 진한 황토를 아름답게 선회한 거대한 선이 아름답고 슬픈 춤을 그(녀)에게 건넨다. 우아한 그리움이 끊어지지 않고 소용돌이를 만들며 그(녀)에게 말한다. 그대는 홀로 유폐된 적 없다. 늘 우리와 함께 했다고.

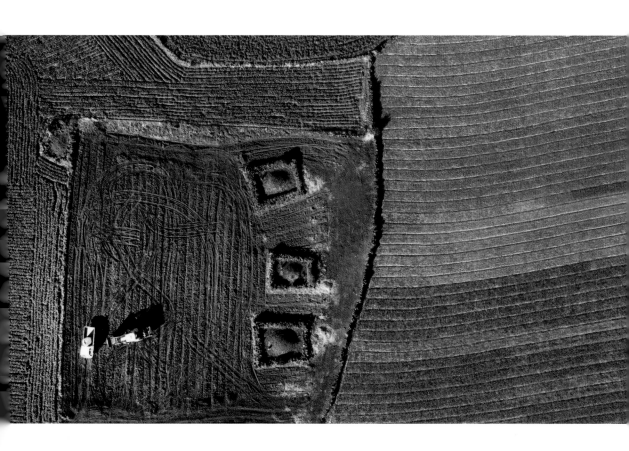

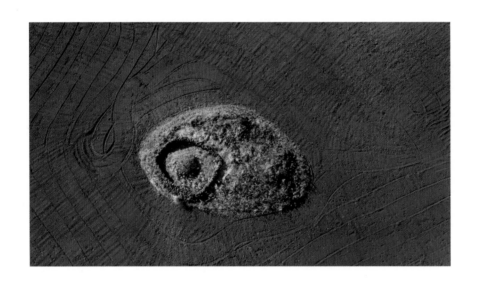

바야흐로 농경이 질서정연하고 산뜻하게 새날을 준비한다. 늘 그렇듯 뜨거운 태양과 비바람, 어둠의 공포와 한기를 견딜 것이다. 수확의 기대는 작물로 답할 것이다. 마침 수확물은 희게 포장돼 밭담을 넘고 무덤 주변 여기 저기 점경처럼 빛을 뿌린다. 작고 짧은 그림자가 툭툭 끊어지며 선명한 평면점화를 만든다. 농경은 세시풍속의 이치를 경건하고 소박하게 때로는 온몸으로 전한다. 토지를 가득 메운 선들로 만물의 순환을 더욱 선명하게 각인한다. 생존의 근원을 잊지 말라고, 강하고 뜨거운 마음을 땅에 새겨놓는다. 죽음 곁에서 다시 우리의 삶은 시작되고 지속된다고.

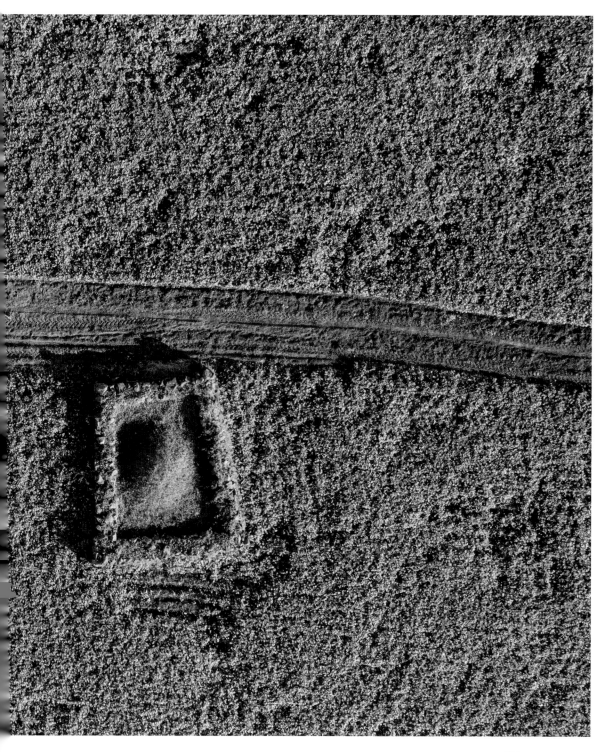

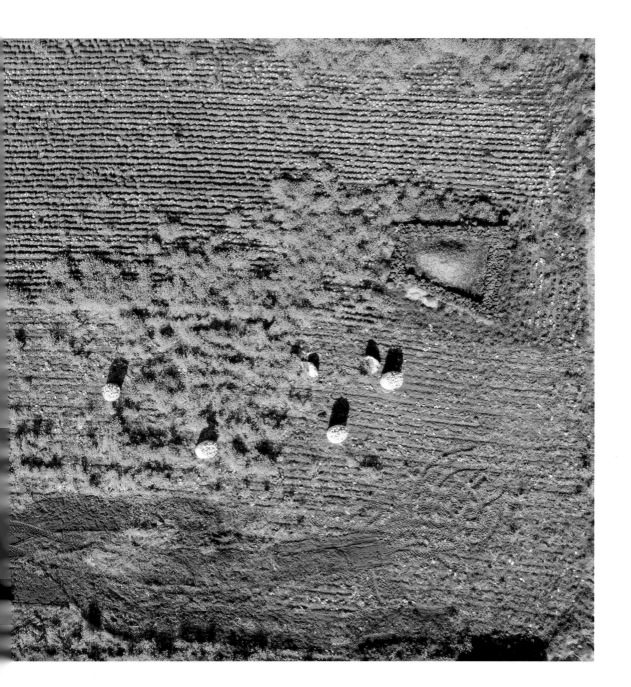

길게 도열한 희고 굵은 선의 질주가 시작됐다. 균일한 행렬의 비닐 하우스가 무덤을 포위한다. 이런 도발에도 무덤은 자리를 끝내 지키고 정숙하게 위치한다. 작물은 희게 포장돼 기세등등 무덤 주위에서 시위한다. 도열해서 진군하는 백색이 공포를 전한다. 이곳을 떠나 망자들의 공동 안식처로 떠나라고 위협적으로 제안한다. 경작지를 확보하기 위해 진격하는 사람들의 무리가 무언의 압력을 가속한다. 무덤은 영역을 잃고 위축되고 몸은 점차 왜소해 진다. 그리하여 저 홀로 지내는 시간을 숨죽이며 고대한다. 밤이 오면 공기는 차고 주위는 칠흑이다. 외롭다. 그러나 달빛조차 무덤에게 다가갈 수 없었다. 흰 상여처럼 이어진 비닐 하우스가 빛을 반사해서 달의 접근을 막았다. 맑고 창백한 바람이 스산하다. 무덤은 옹기 종기 모여서 절박한 생존을 외친다. 손을 잡고 견디지만 폐사처럼 외롭고 쓸쓸한 풍경으로 남았다. 과연 농경과 무덤은 공존하고 반응해서 서로의 농도를 맞출 것인가.

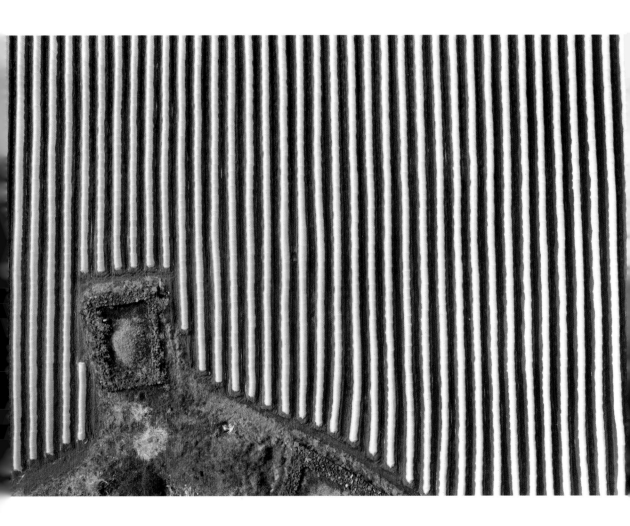

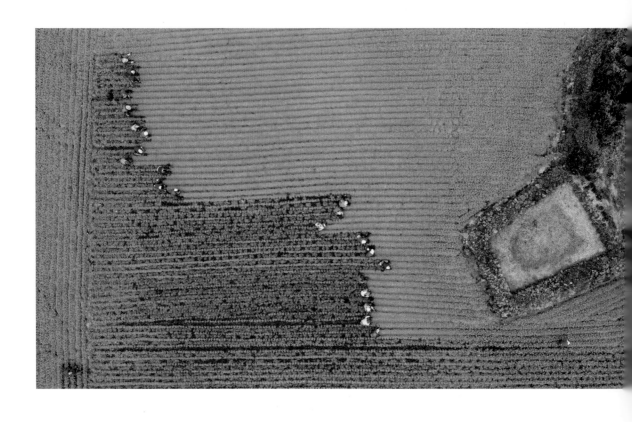

PART_V 지상을 수놓다

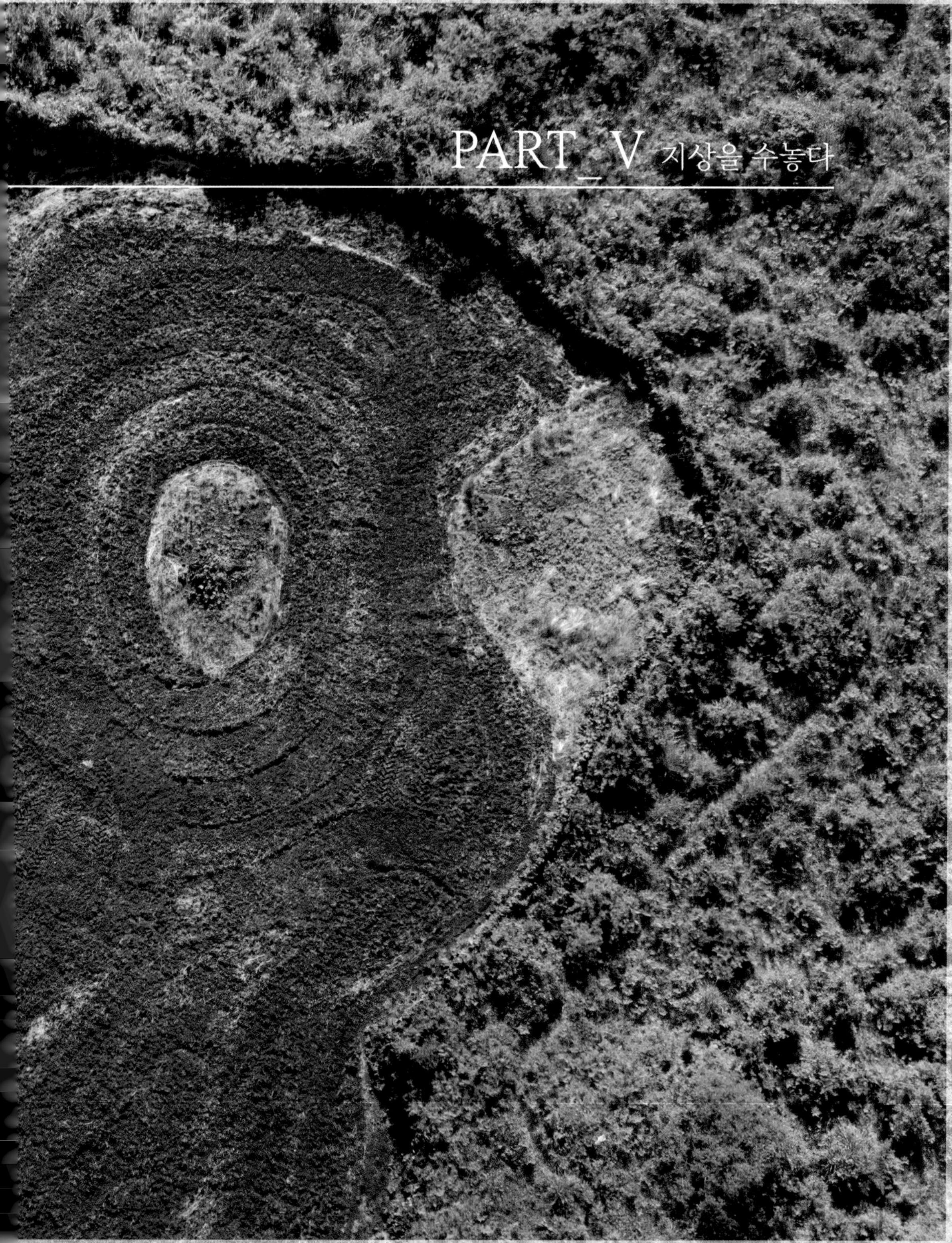

지상을 수놓다

땅이 춤춘다. 장대한 춤사위가 지상에 거대한 무늬를 남긴다. 땅은 그(녀)를 춤추고 그(녀)는 유희하는 땅의 춤사위를 소망한다. 이별한 내가 또 다른 남겨진 그(녀)를 향한다. 땅은 무덤을 춤추며 죽음도 삶의 한 양상임을 증명한다. 이른바 죽음이 삶을 껴안고 삶은 죽음과 동행한다. 땅에 그린 춤은 삶과 죽음을 만나게 하는 언어이다. 삶의 생태학이다. 크게 선회하며 사랑을 탐닉한다. 파묘돼 주검이 떠난 자리, 이별의 인사는 없어도 사랑의 춤은 계속된다. 춤은 죽음에게 바치는 헌사이고 진혼곡이다.

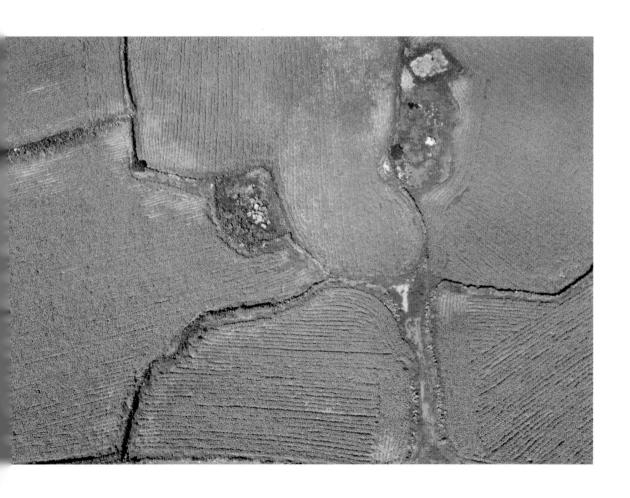

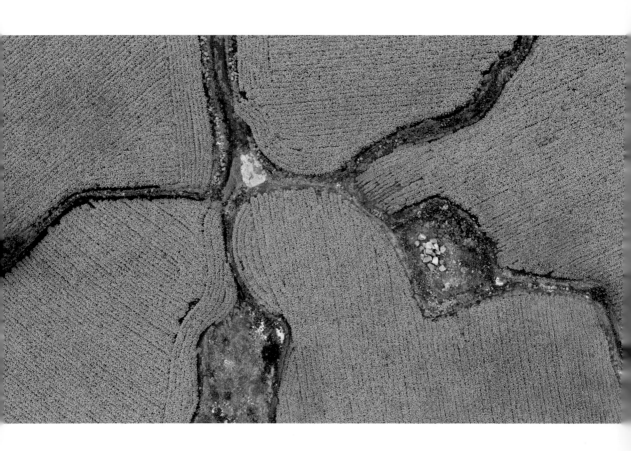

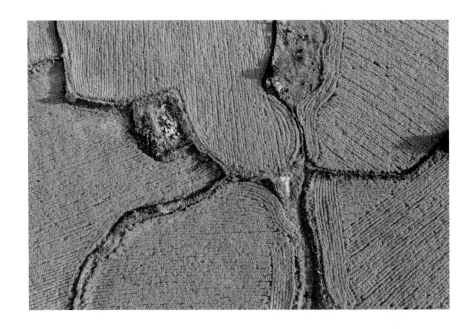

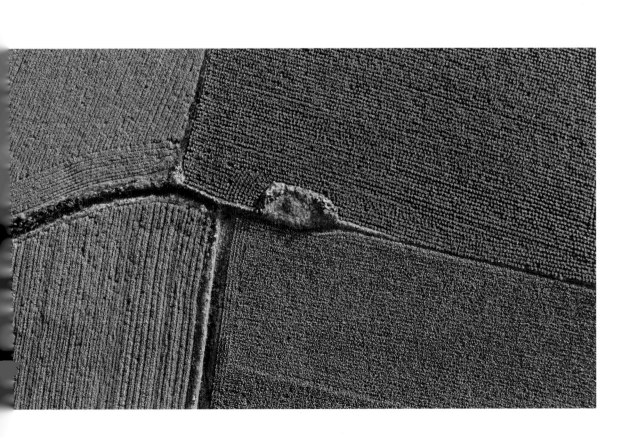

하늘이 깡깡하게 얼고 땅은 동면에 들어갔다. 멈출 수 없는 그리움만이
살아있다. 길게 궤적을 그리며 눈(雪)까지 초청해 둘의 사랑에 꽃을 피운다.
너라는 이유만으로 사랑이 가능하다. 지상에 새긴 거대한 꽃은 그러므로 기념할
만하다. 꽃은 상서롭고 고요하다. 빛이 그린 꽃이 그(녀)를 뜨겁게 깜싸 안는다.
때로는 미친 사랑으로 때로는 머뭇거림으로, 지상에 어지러운 마음을 그려냈다.
서로 간절하게 안부를 묻는다. 안으로 마음을 틀어 끊임없이 애처롭게 탐닉한다.

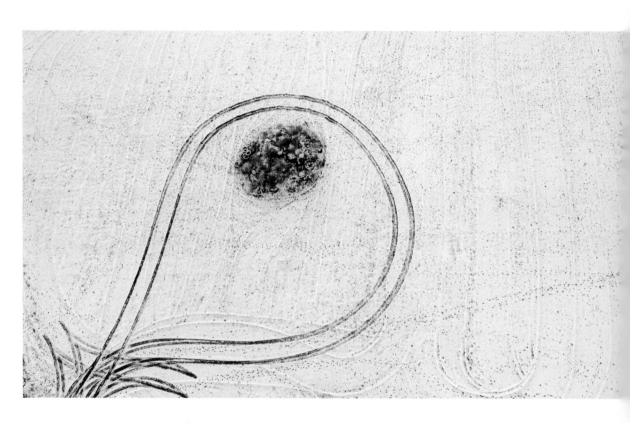

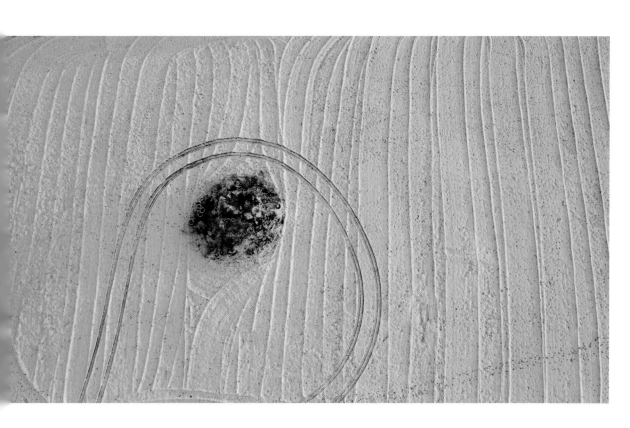

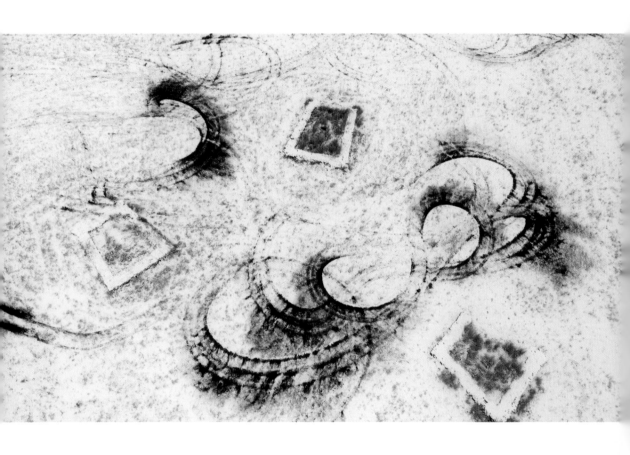

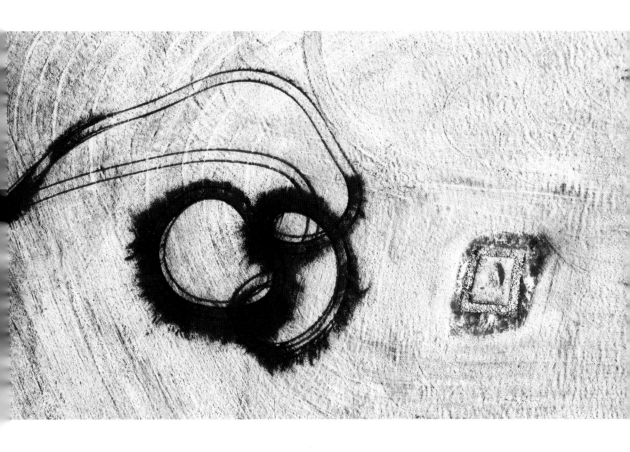

주검이 떠난 자리에도 사랑은 꺼질 줄 모르고 이토록 시끄럽다. 무모할 정도로 강렬한 사랑은 추수가 끝난 벌판에도 미친 흔적을 남겨 둘의 사랑을 기념한다. 두 무덤은 부릅 뜬 눈동자처럼 주위를 삼엄하게 경계하며 자신들의 영역을 확보한다. 둘은 격돌하지 않고 적당한 거리를 유지하며 함께 한 지난 시간을 회고한다. 흔들리는 풀의 행렬이 시간의 긴 흐름을 길게 길게 이어 좌우로 펼친다. 산담에 막힌 풀이 바람처럼 물처럼 유연하게 우회한다. 이윽고 멀리 멀리 흘러간다. 파묘돼 흔적조차 사라진 주검이 산 자를 향해 호소한다. 간곡히 호소한다. 곁에 있어 줄래요?

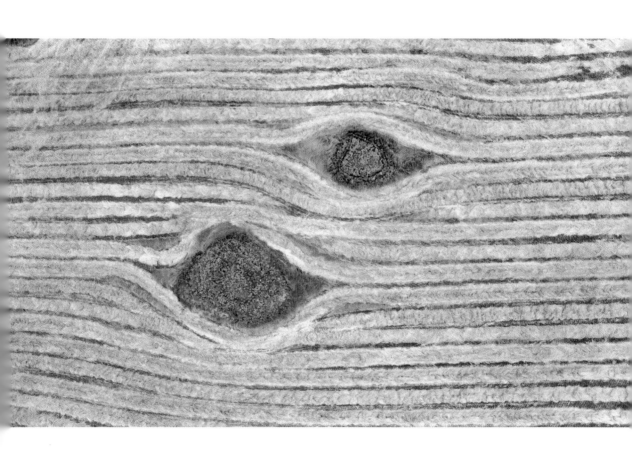

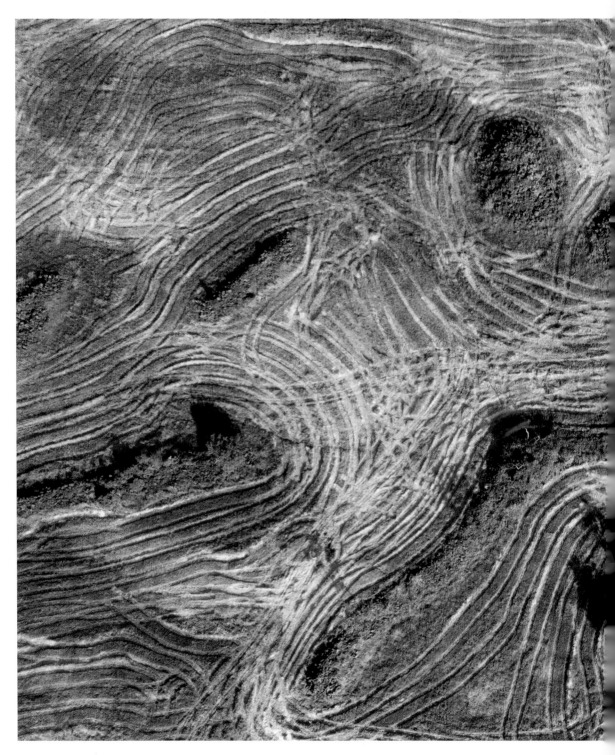

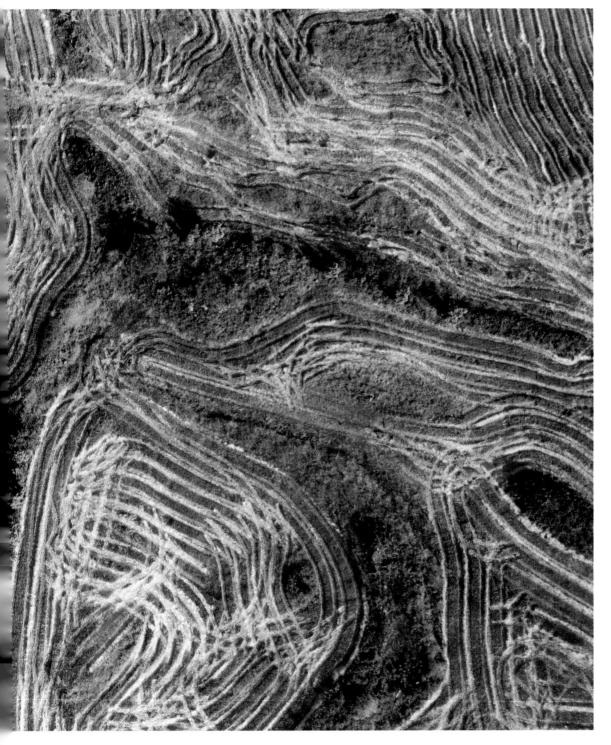

137

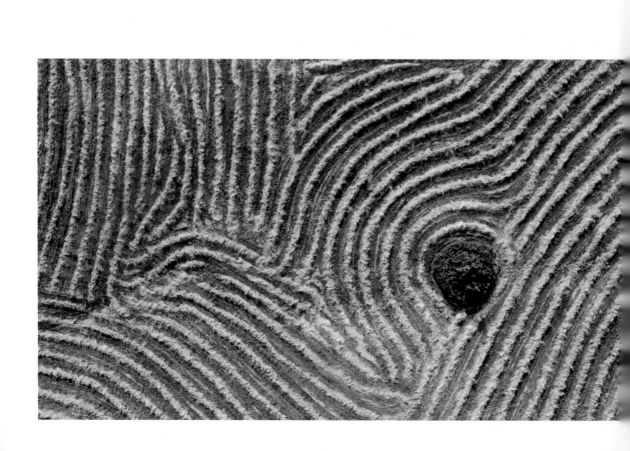

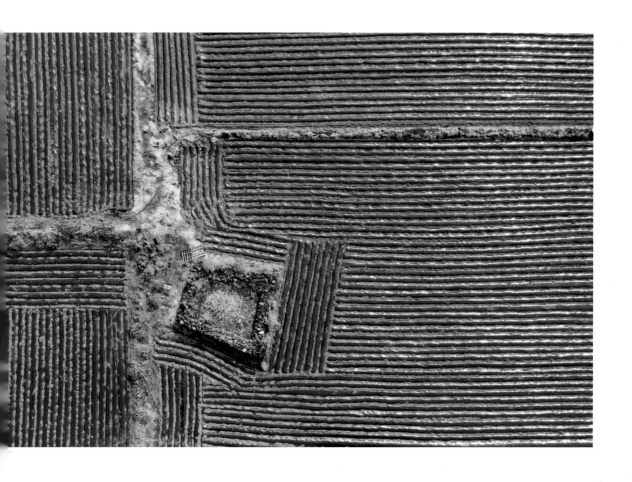

　파묘에게 바치는 진혼곡이 폐허에 가득하다. 죽음은 거두어졌고 파묘 주위에 공허한 침묵이 가득하다. 산담이 그것이 무덤임을 증언한다. 농경(삶)은 파묘(주검)를 품고 삶과 죽음의 불이(不二)를 숙연하게 증언한다. 무덤 주위에 아름다운 무늬를 유희하듯 그려낸다. 아직 건재한 무덤에게, 그토록 견디어낸 죽음이 고맙다고, 그 인내와 끈기에 존경을 표한다. 무덤에게 은은한 사랑을 보낸다. 둘 곳 없는 마음을 단정하고 품격있게 펼쳐 보인다. 검은 토양은 풍미를 더해서 더욱 강하고, 간절해진다. 때로는 명징한 중독처럼 사랑을 놓지 않는다. 죽음(무덤)과 삶(농경)이 만나서 매우 아름답고 뛰어난 삶의 진실을 전해준다. 삶과 죽음이 서로 유혹하고 강하게 침투한다. 무덤은 이렇게 삶을 살아낸다.

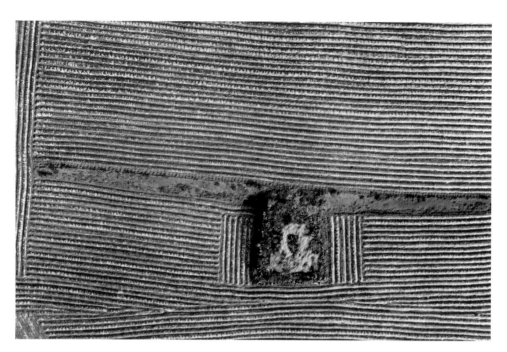

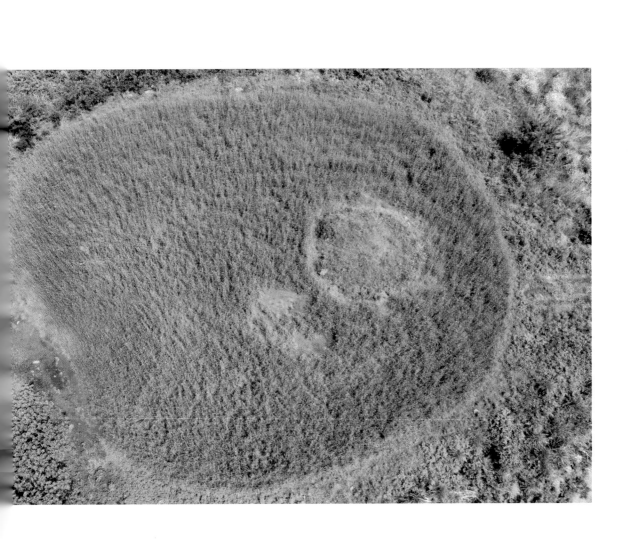

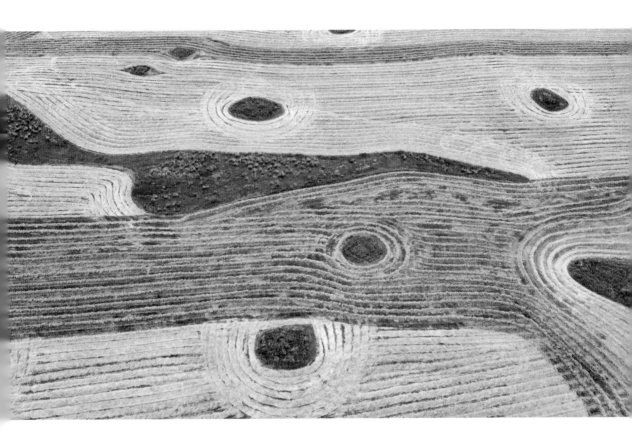

146

EPILOGUE 그리하여, 우리는

그리하여, 우리는

제발 곁에 있어줘요. 그토록 오래, 마음을 홀로 삭히고 사랑한다고. 그 사랑까지 몹시 애타게 바란다고 말하지 못했군요. 푸른 슬픔으로 성장한 그러나 홀로 분리된 나는 그저 외롭고 쓸쓸한 마음을 뻗어서 물결처럼 흘려 보냈지요. 설레고 뜨거운 마음을 팽창시키고 확산시켜 견고한 산담 너머로 보냈지요. 진심을 다한 내 마음이 산담 밖 푸르름과 만나 노래 부르고 사랑하고 산들거립니다. 사랑의 절대치를 향유하기 위해 이별을 향해 기꺼이 전속력으로 나아갑니다. 사랑을 이별하고 그 이별마저 이별하니 마침내 춤추듯 만나는군요. 신비한 사랑의 본질에 닿게 됐네요. 그러니 우리는 이별을 이별하고, 마침내 다시, 반드시, 만나야 하겠네요.

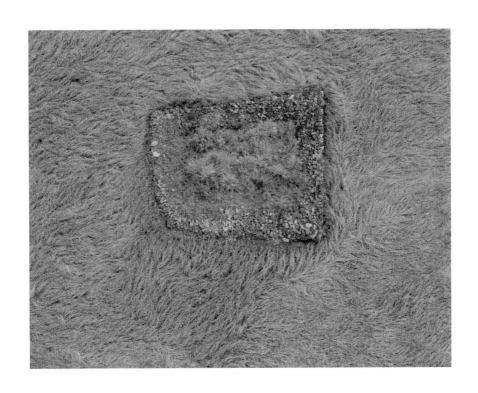

제 주 의 무 덤

초판 발행일 2023년 3월 15일

사 진 **김종범**   글 **조용훈**
발행인 **김미희**
펴낸곳 **몽트**

출판등록 2012.12.20 제 2014-0000-38호

주소 **안산시 상록구 화랑로 513 2층 24호**
전화 **031-501-2322** 팩스 **031-501-2321**
메일 memento33@menthebooks.com

값 18,000원
ISBN 978-89-6989-082-5 03810